Le Géant endormi

suivi de **Poussières sur la glace**

COLLECTION
SCIENCES
en tête

Michel Piquemal • Daniel Royo

Le Géant endormi

suivi de **Poussières sur la glace**

Illustrations de
Claire Delvaux

Collection dirigée par
Sandra Boëche

SEDRAP *Jeunesse*

Michel Piquemal vit à Béziers où il est né en 1954. De ses rêves d'enfance – être écrivain et instituteur – il a réalisé l'un et l'autre… pourtant c'est maintenant à l'écriture qu'il consacre la majeure partie de son énergie. Aujourd'hui, il est un des auteurs majeurs de la littérature jeunesse actuelle avec plus de 200 titres publiés, traduits dans une douzaine de pays. Ses ouvrages ont été couronnés par de nombreux prix : *Le Jobard* (Grand prix du livre jeunesse), *La Boite à cauchemars* (Prix des Incorruptibles), *Le Grand Livre de tous les méchants* (Prix Octogone), *Dis, d'où ça vient ?* (Grand prix de la presse), et d'autres encore.

Daniel Royo est entré à l'école à l'âge de deux ans. Il s'y est tant plu qu'il y est encore à l'orée de ses soixante ans après avoir été tour à tour élève, professeur, puis inspecteur de l'Éducation nationale. À présent, il écrit aussi pour les enfants, le seul univers qu'il connaisse véritablement. Après les contes, l'histoire et l'aventure sur les mers, le voici qui s'intéresse aux sciences et aux volcans à la demande de son ami de toujours, Michel Piquemal. Père et grand-père comblé, il fait vivre à son fils et à quelques-uns de ses petits-enfants un incroyable voyage vers le pays de la glace et des geysers.

Claire Delvaux est née en 1978. Après avoir pas mal déménagé, elle arrive à Lyon pour ses études aux Beaux-Arts. Aujourd'hui, elle travaille pour la presse et l'édition jeunesse, entourée de son mari et de ses deux enfants qui l'inspirent souvent pour créer ses personnages.

Le Géant endormi

Michel Piquemal

Avertissement : ce texte n'est pas tout à fait une fiction. Il s'inspire des témoignages de familles qui ont assisté à la terrible éruption du volcan du mont St Helens aux États-Unis, le 18 mai 1980.

À l'école, tous les mardis, l'un de nous devait faire un petit exposé sur un sujet qu'il choisissait. Mardi prochain, ce serait mon tour, mais j'avais déjà mon idée. J'avais fait promettre à Papa qu'on irait camper ce week-end comme chaque année dans la forêt près du mont Saint Helens.

Il a enfin accepté. Et ça, c'est une sacrée chance, parce que depuis plusieurs mois, le mont Saint Helens, tout le monde en parle... dans les journaux, à la radio, à la télé. Je vais pouvoir faire un exposé génial. Les scientifiques disent qu'il va entrer en éruption... parce que, bien qu'il n'ait l'air que d'une grande montagne inoffensive, le mont Saint Helens est, selon eux, un volcan. Notre

maitre nous a même fait un cours sur le volcanisme. Il nous a parlé du magma, une gigantesque boule de roche en fusion, qui est sous nos pieds, au centre de la Terre, et qui remonte parfois jusqu'à la surface par des cheminées qu'on appelle des volcans.
Dans notre région, les fermiers ne croient pas trop à ce que disent les « volcanologues ». De mémoire de gens du pays, de leurs pères et de leurs grands-pères, personne n'a jamais vu le Saint Helens en éruption. Ce sont, dit-on, des attrape-couillons pour touristes. Et des couillons de touristes, il en arrive effectivement tous les jours. Certains viennent même du Canada tout proche. Avec leurs appareils photo, leurs caméras. Ils veulent tous immortaliser la star du moment, le géant endormi. Tout cela parce qu'au mois de mars, la montagne a eu comme un tremblement et qu'il en est sorti un panache de fumée, fait de cendres et de vapeur d'eau. Du coup, le shérif du pays n'a pas pris les choses à la légère. Il a fait évacuer toutes les maisons qui sont à proximité de la montagne et défini un périmètre de sécurité, une sorte de zone interdite jusqu'à nouvel ordre.
Les gens estiment qu'il exagère. Moi, je trouve ça génial. Quand on circule dans la région, il y a partout des policiers en uniforme qui arrêtent les voitures, qui posent des questions sur où on habite et où on va. Ils

sont très sympas avec moi. Ils me font des sourires, me grattent gentiment la tête en m'appelant « junior »…
Mais depuis un mois, il ne s'est plus rien passé sur la montagne. Le géant s'est bel et bien rendormi, et les fermiers jugent que ça commence à bien faire. Les scientifiques se sont trompés. Ils n'ont qu'à le reconnaitre. Quand ils affirment que la face nord de la montagne enfle jour après jour parce qu'elle se gonfle de magma, les gens du pays répondent qu'ils ont la berlue. Après tout, ils connaissent le mont Saint Helens mieux qu'eux.
Aussi, mon père, qui depuis deux mois reportait sans cesse notre expédition annuelle, a enfin cédé. Car chez nous, c'est une tradition. Pour fêter le printemps, on va toujours camper un weekend dans la forêt. On passe toute une nuit au milieu de la nature sauvage, et au matin on reprend la voiture pour aller pêcher dans le lac Spirit. Mon père dit qu'on vit alors comme de vrais Indiens. J'adore ces moments magiques. Et mes parents aussi.

Cette année, ma mère a tout de même été plus difficile à convaincre. Certes, l'endroit où on va camper n'est pas dans le périmètre de sécurité. Il en est même à plus d'une vingtaine de kilomètres. Mais elle ne se sent pas tranquille. Tout ce qu'elle a lu dans les journaux l'a inquiétée. Heureusement, le shérif de Cowlitz est un de ses cousins. Pour la rassurer, il a joint un volcanologue qui est en observation sur la montagne. « Pas d'inquiétude ! Tout est calme depuis des jours et des jours. Vous pouvez y aller sans crainte si vous respectez les périmètres de sécurité. La météo dit que ça va être un weekend magnifique. »
Ouf ! le shérif a sans le savoir sauvé mon exposé !
Pour mon anniversaire, j'ai eu un super appareil photo Instamatic de marque Kodak. Depuis la forêt, je serai aux premières loges pour photographier en couleurs le mont Saint Helens. À l'école, je ferai mon exposé en montrant triomphalement mes photos et mes copains vont en baver de jalousie.

La météo ne s'était pas trompée. À l'aube du samedi, il faisait effectivement une journée superbe, magnifiquement ensoleillée. J'étais tout excité. Finalement, on

avait bien fait d'attendre. Car au début du printemps, le temps est encore parfois froid et pluvieux. C'est bien moins rigolo pour camper en forêt.
Mon père a montré en riant le ciel à ma mère :
« Que veux-tu qu'il arrive avec un temps pareil ? » lui a-t-il dit, pour se moquer de ses inquiétudes.
On a garé la voiture à l'entrée des sous-bois puis on a marché comme des trappeurs dans la forêt. Mon père a choisi une super clairière au milieu de grands pins argentés et on a dressé notre tente… Ensuite il m'a aidé à construire un wigwam comme le faisaient les Indiens avec des branches de tsugas. Il était si chouette que j'ai finalement demandé à y passer la nuit plutôt que dans la tente. De nouveau, cela a été des discussions interminables avec ma mère, mais elle a finalement cédé.
Pourtant, j'avoue qu'après avoir mangé à la lueur d'une lampe-tempête, lorsque la nuit est devenue noire, je n'étais plus très sûr de moi. Mes parents sont rentrés dans leur tente, moi dans le wigwam, mais je n'en menais pas large !
Surtout qu'à peine endormi, j'ai été réveillé par tout un raffut dans la clairière. Comme si quelqu'un farfouillait dans nos affaires. J'avais le cœur qui tapait comme un marteau dans ma poitrine. J'ai passé le nez au travers des branches, et, à la lueur de la lune, j'ai vu le voleur. Un grand élan aux ramures immenses qui finissait mes

cookies. Mon père est sorti en pyjama de la tente et l'élan s'est enfui. En quelques enjambées majestueuses, il a quitté la clairière et rejoint la barrière serrée des sapins argentés…
J'en ai profité pour attraper mon duvet et rejoindre la tente de mes parents. Je dormirai comme les Indiens une autre fois.

À l'aube, j'étais le premier debout et habillé ! Il y avait une lumière magnifique.
« Cela va être parfait pour ta photo ! a dit mon père. Je connais un endroit d'où on sera aux premières loges !
– Rangeons d'abord les affaires », a dit ma mère.
Mais mon père a insisté. Un vrai photographe ne rate jamais la belle lumière du petit matin.
Aussi, en moins de vingt minutes de grimpette, on a rejoint un tertre qui dominait toute la vallée. C'était extraordinaire ! Il y avait encore de la neige sur le Saint Helens… On aurait dit une carte postale du mont Fuji au Japon. Le ciel était si bleu qu'on avait l'impression qu'on pouvait toucher la montagne du doigt. À deux reprises, j'ai appuyé sur le déclencheur de mon appa-

reil. Mes copains allaient en être babas. C'était autre chose que les photos minables que l'on voyait en noir et blanc dans les journaux.

Mes parents m'ont entouré chacun de leurs bras et on s'est assis pour admirer encore et encore le voile rouge du soleil levant sur la montagne.

Au bout d'un moment, mon père a murmuré :

« Tiens, c'est étrange, on n'entend plus les oiseaux. »

Et c'est vrai que tout était étonnamment silencieux, ce qui rajoutait encore à la majesté et à la beauté du moment. Pas un chant d'oiseau, pas un seul bruissement d'insecte. Le calme le plus incroyable que j'aie jamais ressenti !

Puis, soudain, il y a eu un grand bruit sourd, comme si un avion à réaction passait dans le ciel… J'ai levé bien haut les yeux, il n'y avait pas d'avion !

Je sais aujourd'hui qu'il était exactement 8 h 32, car tous les journaux l'ont dit.

En quelques secondes, le sommet de la montagne a explosé et un grand nuage de cendres, de poussières et de rochers est monté vers le ciel. À une hauteur vertigineuse. Cela n'en finissait pas de monter.

Nous sommes restés près d'une minute sans bouger, comme si nous étions hypnotisés par le spectacle.

Mais l'immense nuage de scories volcaniques grossissait à vue d'œil et bouchait peu à peu le paysage. Il semblait venir vers nous. Ma mère et moi, on s'est tournés vers mon père.

Dans ces situations-là, c'est lui qui décide. Il a autrefois été « marine » au Vietnam. Il ne parle jamais de cette sale guerre, mais je crois bien qu'il en a gardé l'habitude des coups durs. Il sait conserver son sang-froid même quand ça va très mal.

Lorsqu'il a vu que ma mère allait se mettre à crier, il l'a arrêtée d'un geste puis nous a pris la main :

« On va s'en sortir. »

J'ai balbutié :

« Papa, Papa… qu'est-ce qui se passe ? Est-ce qu'on va mourir ? »

Il a répété :

« On va s'en sortir. »

Mais il a compris que je commençais à paniquer moi aussi. Alors il a ajouté :

« Qu'attends-tu pour prendre tes photos ? »

J'ai sorti fébrilement mon appareil et j'ai appuyé à plusieurs reprises en tremblant sur le bouton, un peu à l'aveuglette.

Mais ça m'a rassuré !

Puis il nous a empoigné la main et on s'est mis à courir, courir. On sentait le souffle chaud qui arrivait vers nous. Je crois que je n'ai jamais couru aussi vite. Ma mère aurait voulu qu'on aille rejoindre la voiture, mais il l'en a dissuadée. Il avait calculé la direction du vent et notre Chrysler se trouvait hélas du mauvais côté. L'important était surtout d'échapper au nuage de cendres.
Mon père avait son idée. Il connaissait une cabane de bucherons à quelques centaines de mètres de là, et il n'a pas perdu de temps pour la retrouver. Il flottait déjà dans l'air de minuscules poussières de cendres…
On s'est engouffrés dans la cabane et on a tout bien calfeutré. C'était la seule façon de ne pas mourir asphyxiés par les cendres.
« C'est bon, a dit mon père. Ici, on sera en sécurité en attendant les secours. »
Mais au-dehors, on entendait le grondement d'une pluie de cailloux qui commençait à retomber du nuage. Je n'ose imaginer ce qui nous serait arrivé si on y avait encore été. Certains même pleuvaient sur notre cabane. Cela faisait un bruit épouvantable. Et peu à peu, cela a été la nuit au-dehors. La lumière qui pénétrait normalement par la fenêtre de la cabane avait disparu. Tout était devenu noir. On a allumé nos lampes de poche, mais il fallait se les mettre à quelques centimètres du visage si on voulait se voir.

J'ai demandé :
« Est-ce que c'est la fin du monde ?
– Ne t'inquiète pas. C'est juste le volcan qui pique une colère, a dit mon père. Ça dure jamais bien longtemps. Dans quelques heures, le nuage se dissipera et on pourra sortir. »
Mais je sentais bien qu'il disait cela pour me rassurer. Car dehors, l'obscurité se faisait toujours plus totale et le vacarme des pierres déchiquetant les arbres plus assourdissant.
Si j'avais été seul, je crois que je serais mort de peur. Mais j'avais mes parents et on s'est tous les trois serrés très fort dans notre cabane refuge. On respirait de moins en moins bien. Il nous fallait mettre nos mouchoirs mouillés sur la bouche…
« On risque d'être là pour quelques heures, a dit mon père. Dis, Maggy, tu connaitrais pas quelques jeux pour passer le temps ? »
Et ma mère a proposé de jouer aux devinettes de noms d'animaux. Je pensais à un animal dans ma tête et ils devaient le trouver en me posant des questions. Mais on murmurait à peine les mots pour ne pas user notre souffle.
Puis on a fait un drôle de repas : quelques gorgées d'eau et des débris de cookies que j'avais dans la poche. Finalement, malgré le vacarme assourdissant,

je me suis endormi dans les bras de ma mère. Je n'avais pas peur. J'étais en confiance. Ils étaient là tous les deux pour veiller sur moi.

À mon réveil, une vraie surprise m'attendait. Un tout petit lapin s'était glissé dans la cabane et mes parents l'avaient recueilli. Il était terrorisé, et je le serrai contre moi pour le rassurer… et me rassurer. Puis a recommencé une longue attente. Des heures durant, on est restés dans l'obscurité, à se parler à voix basse ou se chanter des chansons. Moi, je caressais le doux pelage de Pan-Pan (on l'avait appelé comme ça en souvenir de l'ami de Bambi) et ça me faisait du bien.
Un peu de lumière commençait à revenir et le vacarme des chutes de pierres avait cessé. Pourtant, j'avais l'impression que ça ne finirait jamais… quand soudain mon père nous a fait un geste de la main… et a murmuré :
« Un hélico ! »
Il est vite sorti pour signaler notre présence. Nous étions sauvés.

On a quitté à notre tour la cabane, ma mère et moi… sans oublier Pan-Pan que j'ai glissé sous mon teeshirt. On entendait le bruit des hélices de l'hélicoptère mais on le distinguait à peine, tant le paysage était noyé dans une pluie de cendres noires. Dehors, on marchait sur un tapis effrayant de cendres et de troncs d'arbres arrachés. Les gens de l'hélicoptère ont fait descendre une échelle et mon père m'a aidé à grimper. Des sauveteurs m'ont empoigné, tout étonnés de se trouver avec un lapin en prime. Ensuite ça a été le tour de ma mère et de mon père.
Nous étions tous les trois noirs de cendres. Les sauveteurs nous ont donné à boire. Un docteur nous a fait quelques examens rapides… tandis que l'hélicoptère nous arrachait à cet enfer de mort. Par le hublot, je pouvais voir un paysage dévasté, impossible à imaginer. Il n'y avait plus un seul être vivant à des kilomètres à la ronde : pas un insecte, pas une mouche, pas un oiseau… Seulement de la lave et de la cendre. On aurait cru qu'on survolait la surface de la Lune. Les quelques taches de couleurs qu'on voyait étaient des voitures dont les conducteurs s'étaient trouvés piégés par la lave. La forêt n'était plus là, le lac Spirit avait disparu, les campings qui parsemaient la vallée n'existaient plus. Quant au mont Saint Helens, il s'était réduit de moitié… À la place du sommet joliment couronné

de glaces que j'avais photographié il y a quelques heures à peine, se trouvait un immense trou béant d'où s'écoulaient encore des masses de scories volcaniques. Partout, des torrents de lave, de boue et de neige fondue dévalaient les pentes du volcan, grossissant les fleuves et créant de gigantesques inondations. Je n'aurais jamais cru que cela puisse être possible, si je ne l'avais vu de mes yeux.

À la fin de mon exposé devant mes camarades, alors que je prononçais cette dernière phrase : « Je n'aurais jamais cru que cela puisse être possible, si je ne l'avais vu de mes yeux »… je ne sais pas pourquoi, mais j'éclatai en larmes. Et tous les copains se sont levés de leur siège pour venir me réconforter. L'éruption avait fait 57 morts, et j'aurais bien pu être parmi eux si mon père avait paniqué et n'avait pas pris les bonnes décisions. La région ne retrouverait pas de traces de vie avant des années. Des centaines de milliers d'animaux avaient été décimés… Heureusement, j'avais pu sauver Pan-Pan. Alors, pour ne pas rester sur une note trop triste, je l'ai sorti de mon cartable. Tout le monde a applaudi… et notre maitre a couru chercher de la salade à la cantine.

« Gloire au héros lapin ! » a-t-il ajouté.
Et toute la classe a répété :
« Gloire à Pan-Pan ! »
Mais, je ne sais pourquoi… je n'ai pas pu me joindre à eux et j'ai de nouveau fondu en larmes. Je pensais aux gens dont j'avais vu les voitures ensevelies par la catastrophe.

Poussières sur la glace

Daniel Royo

Avertissement : si cette histoire est entièrement née de l'imagination de son auteur, elle s'appuie en partie sur des évènements qui se sont déroulés en 2010. Cette année-là, l'éruption de l'Eyjafjöll, un volcan du sud de l'Islande, débute le 20 mars et prend fin le 27 octobre.

« Yessssssssssssssss ! »

Le sifflement provoqué par le cri de Léo a résonné plusieurs secondes dans la maison. Eliot, Swan, Jules et Louise ont tout de suite compris de quoi il s'agissait. Ils se sont rués dans le bureau pour le retrouver, les bras levés au ciel devant l'écran de l'ordinateur.

« On a gagné ! On a gagné ! »

Les cinq ados se sont mis à danser comme des Indiens autour d'un totem. Ils se sont jetés dans les bras les uns des autres, s'embrassant à qui mieux mieux. Drôle de petite tribu. Léo, le plus vieux, a 16 ans tout comme son neveu Eliot qui a 11 jours de moins que lui… Swan, le petit frère d'Eliot, a 13 ans comme Jules son cousin. Quant à Louise, la sœur de Jules, elle n'a que 12 ans ; mais c'est la « patronne » de la bande.

« On a gagné ! On a gagné ! »

C'est Jeanne, la petite sœur de Louise, qui a mis fin à la sarabande.

« On peut savoir ce qu'il se passe ? On vous entend à l'autre bout du village !

– Ce qu'il se passe ? a répété Swan. Ce qu'il se passe, c'est que tu as devant toi la "Méga dream team" vainqueur du concours "Scientifiques en verbes" organisé par France 7 et l'Académie des sciences. Notre projet de reportage sur *Voyage au centre de la Terre* dont tout le monde se moquait a été retenu parmi 78 autres projets. Nous allons toucher une bourse pour pouvoir acheter notre matériel de reportage et passer huit jours en Islande tous frais payés. Qui c'est les plus forts… qui c'est les plus forts… qui c'est… qui c'est… qui c'est les plus forts… »

Il en a fallu du temps pour que les chants et les cris s'interrompent et que tout ce jeune monde en furie parvienne à se calmer. Chacun y est allé de son petit couplet d'autosatisfaction. C'est Eliot, en général peu bavard, qui a commencé :

« Personne ne pensait que notre passion pour Jules Verne pourrait convaincre le jury. Vous vous rappelez les autres équipes qui nous ont traités de ringards, d'attardés, de fils de vieux, ils ont l'air malin maintenant avec leurs projets informatiques révolutionnaires. Moi, j'en étais sûr, qu'on serait choisis. Nous allons pouvoir réaliser notre documentaire sur l'Islande, porte d'entrée du centre de la Terre. »
C'est en cherchant à écrire un exposé sur les sagas des peuples du Nord que Léo, qui est déjà lycéen, avait trouvé le sujet de leur reportage. Les paysages d'Islande invitent aux plus belles légendes. Elles se comptent par centaines. Ainsi, les orgues basaltiques seraient en fait les cathédrales des trolls. Les aurores boréales représenteraient l'âme des morts.
« Pourquoi ne pas inventer une légende sur les geysers », avait-il proposé, avec son enthousiasme habituel.
Louise et Eliot ont un esprit moins enflammé. Le règlement du concours était clair ! Pour participer au concours, il fallait réaliser un documentaire littéraire et scientifique. On garda donc le lieu : l'ISLANDE, mais on décida de s'intéresser au roman *Voyage au centre de la Terre*. Et aujourd'hui, leur projet allait se concrétiser ! Leur joie était immense !
« À nous le Sneffels, a ajouté Eliot.

– À nous le Snæfellsjökull, a précisé Jules, le scientifique de la famille. Nous devons nous habituer à appeler les lieux par leur nom islandais, maintenant que nous savons que nous allons aller y passer nos vacances de printemps. »
La cavalcade a redémarré de plus belle. Tous se sont remis à hurler et sauter de joie.

Swan s'est arrêté pour expliquer à sa petite cousine Jeanne :
« Le Snæfellsjökull est le nom d'un volcan islandais que Jules Verne a désigné comme la porte d'entrée des entrailles de notre planète, dans son roman *Voyage au centre de la Terre*. Lui, il emploie le mot "Sneffels", c'est plus facile à prononcer. Ce livre raconte l'histoire de trois personnages qui, ayant découvert un manuscrit ancien, entreprennent un voyage vers le centre de la Terre. Dans quelques années, tu pourras le lire. Il est passionnant.
– Oh, moi, j'aime autant regarder le film, lui a-t-elle répondu.

– Il y en a au moins deux ! a précisé son jeune oncle Léo. Nous les avons visionnés à la médiathèque.
– Allons tout de suite voir M. Portevin, a crié Louise. Il va être fier de nous ! C'est grâce à lui que nous nous sommes portés candidats. Si tous les profs pouvaient être aussi sympas que lui, on ferait des heures supplémentaires en SVT !
– Cela ne pourrait te faire que du bien, a ricané Jeanne. Maman a dit que tu n'étais pas terrible en géologie ! Ce qui est étonnant pour quelqu'un qui nage comme un caillou ! »
Louise s'est lancée à la poursuite de sa jeune sœur, avec la ferme intention de lui faire regretter ses moqueries. Mais aujourd'hui, c'était pour rire. On n'allait pas se disputer durant ce qui était, sans doute, le plus beau jour de leur jeune vie.
La fine équipe s'est rassemblée pour aller rendre visite à son vieux professeur.
M. Portevin était dans son jardin, occupé à retourner la terre et à « distraire ses lombrics », comme il disait souvent ! La nouvelle que venaient lui annoncer ses élèves lui donna une grande émotion. Il dut s'assoir.
« Ah, merci. Si vous saviez comme je suis fier de vous ! Je sais que vous allez nous ramener des images magnifiques de cette ile superbe. Je me dis que tout ce que

je vous ai raconté sur les phénomènes volcaniques, sur la géothermie, sur les geysers et les sources d'eau chaude ne sera pas tombé dans les oreilles d'élèves sourds. Comme je vous envie ! J'étais sûr que votre idée de partir sur les traces de Jules Verne séduirait le jury. Même si l'écrivain était un géologue catastrophique, mélangeant allègrement minéraux, roches éruptives, métamorphiques et sédimentaires. Malgré ses approximations, beaucoup de scientifiques ont rêvé de leur futur métier en lisant ses romans. Savez-vous qu'il est encore une référence dans le monde entier ? De nombreux hommages lui ont été rendus : ainsi, le premier sous-marin atomique construit par les États-Unis pour aller sous la banquise du pôle Nord a été appelé "*Nautilus*" comme celui du capitaine Nemo de *Vingt-mille lieues sous les mers*. Les Russes ne sont pas en reste, eux qui ont baptisé "cratère Jules Verne" l'un des premiers éléments qui furent photographiés sur la face cachée de la Lune, en souvenir du roman *De la Terre à la Lune*. Quand j'ai débuté dans l'enseignement en Guadeloupe, des amis à moi ont désigné comme "salle Jules Verne" une cavité longue d'une cinquantaine de mètres, découverte à l'intérieur du dôme volcanique de la Soufrière. Je vous souhaite le plus merveilleux des voyages et la plus belle des aventures. »

La remise du prix a été un grand honneur pour le village, le collège et la famille. Dans son discours le maire a dit que Léo et ses quatre neveux et nièce étaient à la science ce que les Spanghero étaient au rugby. Certes, il n'avait pas pu se déplacer à Paris pour assister à la remise du prix des mains du secrétaire perpétuel de l'Académie des sciences, mais il était de tout cœur avec eux. Pour montrer la reconnaissance que le conseil municipal avait pour l'exploit de ses jeunes concitoyens, il avait été décidé que la commune offrirait une tenue complète de randonneur à chacun d'eux. C'est dans ces vêtements rouge et bleu (les couleurs du village et du drapeau de l'Islande !) que les apprentis héros sont montés sur le podium sous les applaudissements nourris de tous les habitants. Cédant à la pression amicale du maire, Eliot, qui rêve de devenir journaliste, a promis qu'il rédigerait chaque jour un petit article qui serait diffusé sur le panneau lumineux flambant neuf qui trônait au beau milieu de l'avenue de Verdun !

Les deux mois qui ont précédé leur départ ont été longs et très courts à la fois ! Il a fallu attendre de longues semaines et lutter contre la hâte de partir en voyage, mais également penser à tout ce qu'il fallait emporter : les cinq sacs à dos ont été vite pleins. Des heures passées à ranger puis à enlever des objets ou des habits ! Des heures à essayer de faire tenir droit ces satanés sacs à dos sur la balance !
« Quinze kilos, pas un gramme de plus », a précisé l'employée de l'agence de voyages.
S'entrainer au maniement et à l'utilisation du matériel vidéo a aussi été toute une histoire. Léo et Eliot auraient voulu être, en tant qu'ainés de la troupe, les seuls à filmer. Mais Swan, Jules et Louise n'ont pas du tout été d'accord. Finalement, il a été décidé qu'on verrait bien une fois sur place.

Lorsque l'Airbus a crevé le tapis de nuages au-dessus duquel il volait depuis deux heures, les enfants se sont collés aux hublots. L'Islande leur est apparue dans toute sa beauté sauvage ; blanche, verte et grise, battue par l'océan. L'île mérite bien son nom ! Islande… terre

de glace ! À mesure qu'ils se sont rapprochés du sol, le paysage s'est précisé : un immense désert de prairies, de vallons, de pitons rocheux. Pas une forêt, pas un bois, pas même un arbre ! De la neige, de l'herbe, de l'eau et de la roche, partout à perte de vue. Dans le fond de l'avion, un passager ronflait bruyamment. Doté d'une longue chevelure et d'une grosse barbe blonde, il avait étiré une de ses jambes dans le couloir.
« Il doit mesurer deux mètres, dit Louise à son frère, en sautant par-dessus son énorme bottillon. Tu crois que c'est un Viking ?
– Oui, répondit Jules, et il boit sa bière dans le crâne d'une de ses victimes !!!
– Pour la bière je n'en sais rien, mais il fume d'énormes cigares. Je l'ai remarqué avant l'embarquement ! Il est effrayant ! »

« Samedi 10 avril 2010. Temps calme, nuageux et frais. Atterrissage réussi ! L'aéroport international de Keflavík (en islandais Keflavíkurflugvöllur) est situé à cinquante kilomètres de Reykjavík, la capitale islandaise. Il n'est pas très différent de l'aéroport Charles-de-Gaulle d'où nous avons décollé. Des boutiques, des agences, des hectomètres de tapis et d'escaliers roulants ! Un bonheur pour les courses incessantes de Jules et de Swan ! Il y a

beaucoup de monde car un volcan depuis longtemps endormi s'est brusquement réveillé au sud de l'île. La calotte glaciaire semble s'être fissurée et les amateurs de sensations fortes viennent observer le phénomène. Espérons qu'il ne va pas exploser !!! »

C'est ainsi qu'Eliot a décrit leur arrivée dans l'article destiné au panneau lumineux du village ! Les enfants avaient eu une longue conversation avec un voyageur anglais, en attendant le bus pour Reykjavík. Il leur a expliqué que chaque évènement volcanique majeur provoque l'arrivée en masse de nombreux volcanologues amateurs qui se ruent vers les sites en éruption. Lui-même s'apprêtait à tenter de rejoindre les environs. Il espérait que la zone n'était pas totalement interdite à la circulation.

« Où allez-vous planter vos tentes ? leur a-t-il demandé, avec son petit accent anglais.

– Nous partons pour l'extrémité ouest du pays, nous allons camper près du volcan Sneffels, nous suivons les traces de Jules Verne ! a dit fièrement Léo.

– Oh ! excellente idée… Mais j'espère que vos sacs de couchage sont épais ! Ce volcan est recouvert de glace. Ici, les habitants le comparent au mont Fuji au Japon ! Il fait plus de mille mètres de haut, me semble-t-il ?

– 1446 mètres exactement, a précisé Jules, toujours précis, toujours renseigné. Il a la mémoire des chiffres et le nez souvent planté sur Wikipédia !
– Soyez prudents, jeunes gens ! Les volcans sont parfois capricieux !
– Voilà 1700 ans qu'il sommeille, a ajouté Swan, qui ne voulait pas passer pour un cruchon vis-à-vis de son cousin Jules. Ce ne serait vraiment pas de chance s'il ne continuait pas sa sieste pendant quelques jours encore ! Le temps que nous fassions notre randonnée. »
Le voyage vers Reykjavík a été assez rapide. La circulation était fluide et le petit bus a laissé les jeunes gens devant leur hôtel. Ils ont jeté leur sac dans la grande chambre commune et sont immédiatement ressortis. Ils avaient du temps devant eux car, si les jours sont excessivement courts en hiver, au milieu du printemps le soleil s'attarde déjà longtemps sur l'Islande. La température en revanche surprend un peu. Un degré au meilleur de la journée ! Les doudounes payées par la municipalité ont été très appréciées ! Le centre-ville, très sympathique avec ses petites maisons en bois et en couleur, invite à la promenade ! Pourtant, les jeunes aventuriers n'ont pas perdu de temps à flâner. Il fallait trouver rapidement une agence de voyages afin de voir s'il existait une ligne de bus leur permettant de se rendre dans la presqu'île du Sneffels. Ce fut une véri-

table épreuve ! L'islandais est une langue dérivée d'un vieux parler nordique, le norrois, qui ne ressemble à rien de connu. À force de patience et grâce à Eliot et Swan qui parlent couramment anglais, ils ont trouvé, dans une grande galerie marchande, un point de vente de billets de bus. Le problème, c'est que l'Islande est un pays très touristique et qu'il est facile de se rendre dans les endroits célèbres, mais plus difficile de se déplacer par ailleurs.
« Vous pouvez prendre le forfait "grand cercle d'or", a proposé l'hôtesse dans un français hésitant. Vous verrez les trois plus beaux sites islandais : le parc national de Thingvellir, la chute d'eau de Gullfoss, et le geyser de Strokkur.
– Nous n'avons que huit jours devant nous, expliqua Eliot. Le but de notre voyage est le volcan Sneffels !
– Alors, je vous propose de ne faire que les chutes et le geyser avant de partir vers le Snæfellsjökull ! Cela peut se faire dans une seule journée et vous aurez vu le meilleur de mon pays. »
Le prix du voyage était raisonnable car Margret, c'est ainsi que s'appelait l'hôtesse, leur a fait un tarif réduit en raison de leur jeune âge. En plus, elle leur proposait pour le lendemain une baignade matinale dans une piscine naturelle à ciel ouvert.

« Si vous y allez de bonne heure, il y aura 45 degrés de différence entre la température de l'eau et celle de l'air. Vous ne tarderez pas à vous tremper tout entiers ! »
Affaire fut faite. Leurs billets en poche, Léo, Swan, Louise, Eliot et Jules reprirent le chemin de l'hôtel. Ce soir au menu, il y avait des langoustines et du bouillon d'agneau ! À la porte de l'agence, ils croisèrent le ronfleur de l'Airbus, un énorme cigare planté dans la bouche. Il était encore plus impressionnant debout qu'assis.
« Je voudrais le même itinéraire que les jeunes qui viennent de sortir », dit-il à Margret. Il y avait beaucoup de monde dans l'agence et elle n'eut pas le temps de se demander pourquoi ce géant blond s'exprimait en français. Dix minutes après, elle n'y pensait plus.

Le lendemain, il n'a pas été question de trainer sous la couette. Swan, très excité à l'idée d'une baignade, a réveillé toute la bande à 7 heures du matin. Le petit déjeuner a été vite avalé et le taxi est arrivé à l'heure !
Ce que Margret n'avait pas dit, c'est que le Blue Lagoon est le site le plus visité d'Islande. Malgré l'heure mati-

nale, il y avait déjà beaucoup de bus sur le parking. C'est la plus célèbre piscine du monde. Certains Américains en visite en Europe ne viennent en Islande que quelques heures pour s'y baigner. Au mois de juin, le soleil ne se couche jamais sur l'Islande. Certains touristes passent une grande partie de cette nuit ensoleillée dans les eaux turquoise de ce lagon nordique ! Lagon est un bien grand mot : en réalité, ce sont de grands bassins creusés dans la lave ! Il faut marcher un petit peu dans un désert de roches avant de découvrir le complexe thermal. Celui-ci est situé au bord du lac artificiel créé par les rejets d'eau d'une station de forage géothermique. Il s'agit d'une eau mi-douce, mi-salée, pleine de sels minéraux, silicates et algues bleu-vert qui donnent un aspect laiteux à l'eau. Eliot et Jules, qui ne boivent jamais de lait, ont fait la grimace.

« Bienvenue dans le plus grand bol du monde, a dit oncle Léo. Boisson lactée à la menthe glaciale !

– Glaciale ! Façon de parler ! J'ai lu dans la brochure que l'eau est entre 30 et 39 °C selon les jours. Elle provient de l'usine géothermique qu'on aperçoit là-bas, lui a répondu Louise en désignant de grandes cheminées surmontées d'un gros nuage blanc. Cette usine produit l'énergie électrique et l'eau chaude nécessaires pour alimenter la capitale Reykjavík grâce à un forage de 2 km de profondeur qui permet d'extraire une eau sous

pression à 240 °C. Le nuage que nous voyons au-dessus, ce n'est pas de la fumée, c'est de la vapeur d'eau.
– Jules, ta sœur est en train de devenir plus savante que toi, s'est moqué Eliot, qui adore titiller Jules.
– Disons qu'elle a bien lu ce qui était écrit sur la brochure offerte par l'agence ! » lui a-t-il répondu.
Pendant cette baignade matinale, deux choses les ont beaucoup fait rire. D'abord, ce sont les vestiaires où tout le monde se douche tout nu, à la mode viking ! Et ensuite, c'est l'espèce de boue qui se trouve au fond du lagon et vous chatouille en passant entre les orteils ! Tout autour des bassins, on peut se servir en crème blanchâtre pour se faire des masques sur le visage ! Nos jeunes baigneurs se sont fait des faces de guerriers africains qu'ils ont vite défaites, car ces plâtres riches en silice et en algues marines salées piquent très vite les peaux non habituées.
Puis la brume marine est tombée ! Et là, ce furent de longues minutes magiques. Chaque baigneur a fait silence, les abords ont disparu, comme avalés par le brouillard… Un nuage formé de milliards de gouttes d'eau microscopiques est venu se poser sur la surface bleu-vert du lagon. Ce pays est une terre de légendes, de personnages magiques, de lieux féeriques. Les cinq ados se sont pris par la main et ils n'ont plus prononcé

la moindre parole. Le mystère de cette terre de feu et de glace commençait à faire son œuvre sur eux.

La baignade avait détendu tout le monde. Les enfants auraient bien aimé se retrouver à l'avant du bus, mais la place était prise par le grand Viking barbu. Son air sauvage ne donnait pas envie de s'en approcher. Ils se sont regroupés au fond du bus et ont décidé d'aider Eliot à faire son article quotidien.

« Vous n'avez pas l'impression qu'il nous colle, ce Viking ? chuchota Léo, avec son imagination habituelle.

– Arrête de "psychoter" ! Pense plutôt que c'est un touriste qui fait le tour classique de l'ile, a répondu Eliot, calme en toute occasion. Il n'y a pas de quoi être inquiet ! Et puis on est là pour rédiger le premier article. Restons concentrés.

– J'ai une idée, dit Jules. Pourquoi ne ferions-nous pas comme le savant imaginaire du roman de Jules Verne, Arne Saknussem, qui écrit au XVIe siècle son texte en mauvais latin, écrit à l'envers ! "iiluj siratracs arbmu tabiled mek meretarc silucoy sleffens ni". Ce parchemin, dans lequel il dit qu'il a réussi à pénétrer au centre de la Terre par le volcan Sneffels, est le point de départ du

livre ! On pourrait faire pareil et envoyer l'article écrit à l'envers !
– Je ne suis pas d'accord, a dit Louise. Il y a plein de gens qui ne vont rien comprendre
– Et des jeunes qui ne vont pas faire l'effort d'essayer de comprendre… a ajouté Léo.
– Ok, je vais écrire le titre à l'envers et l'article à l'endroit, a conclu Eliot : cela s'appellera "noogal eulb eht". »
Un voyageur, qui n'avait pas perdu un seul mot de ce que les jeunes disaient, se retourna et déclara dans un français très acceptable :
« "The Blue Lagoon" est un joli titre, mais vous auriez pu l'intituler "La pataugeoire à touristes", n'est-ce pas ! »
Et, soulevant sa chapka en fourrure noire, il ajouta :
« Grégor Sokolow, pour vous servir, jeunes gens ! »
Les enfants ont répondu à son bonjour par des sourires un peu gênés. Qui était ce vieux monsieur curieux et maitrisant si bien le français ? Léo, qui adore parler aux inconnus, a lié conversation. Alors qu'Eliot rédigeait son article avec l'aide de sa cousine, il a expliqué les raisons de leur présence dans ce bus les menant sur les traces de Jules Verne.
« Jules Verne ! répéta leur compagnon de voyage, quel merveilleux auteur. Dans mon pays, en Russie, il est si célèbre que beaucoup de lecteurs ne savent même pas qu'il était français ! Ses livres se vendent aussi bien

que ceux de Tolstoï ! J'ai entendu que vous étiez très bien renseignés sur l'Islande, mais savez-vous à quel continent cette ile appartient ? Historiquement, elle appartient à l'Europe, et pourtant elle est proche du Groenland qui fait partie du continent américain. En fait, on pourrait dire qu'elle appartient à l'Europe et à l'Amérique puisqu'elle est située au milieu de l'Atlantique, sur la dorsale médio-océanique entre l'Europe et l'Amérique.

– La quoi ? a demandé Swan.

– La dorsale médio-océanique. Il s'agit d'une chaine de volcans qui apporte de la roche en fusion et fait que l'Europe et L'Amérique s'éloignent l'une de l'autre. On appelle ce phénomène la tectonique des plaques. Cet alignement de volcans du fond de l'océan émerge en Islande. La partie nord-ouest de l'Islande est sur la plaque américaine et la partie sud-est est sur la plaque eurasiatique. Cette situation unique engendre sur l'île une importante activité volcanique, surtout en son milieu, là où le magma est le plus près de la surface. Le volcan que vous allez filmer est très à l'ouest, loin du magma, et c'est la raison pour laquelle il est dit "éteint" !

– M. Portevin, notre prof de SVT, prétend qu'il est imprudent de dire qu'un volcan est éteint ! a expliqué Jules.

– C'est vrai, répondit le vieux monsieur, mais je pense que ce n'est pas demain que les fromages d'Auvergne auront le gout de la cendre volcanique…
– Vous semblez connaitre notre langue et notre pays, remarqua Léo.
– Je connais surtout les volcans. C'était mon métier avant ma retraite.
– Est-ce que c'est la première fois que vous venez en Islande ? questionna Louise.
– Oh non ! C'est mon quatrième séjour ! Je suis là car l'Eyjafjöll, un massif volcanique sous glacier au sud de l'ile, a montré des signes de grande activité. Le souci, c'est qu'énormément de monde veut aller voir le phénomène. J'ai donc décidé de m'offrir une petite promenade vers des lieux que je n'ai jamais visités. Les cascades de Gullfoss en font partie. D'ailleurs, je crois que nous ne sommes plus très loin. »
Quelques minutes plus tard, le bus s'est immobilisé dans un grand parking. Tous les occupants se sont dirigés vers la rivière Hvítá qui, dans un premier temps, n'est pas très impressionnante. Mais, à mesure qu'on s'en approche, on est saisi peu à peu, d'abord par le bruit et ensuite par la vue. Les cinq compères se sont tenu la main pour s'approcher du lit de la rivière. Celle-ci fait deux marches successives et provoque

des chutes de plus de trente mètres de haut. La masse d'eau est tellement importante que les enfants ne pouvaient parler entre eux. Ils ont longé le site et se sont complètement trempés. L'écume des remous de la rivière éclabousse tout. À la hauteur du deuxième étage de la cascade, le chemin permet presque de toucher l'eau. Quel malheur si l'un d'entre eux venait à tomber dans ces tourbillons immenses ! Soudain Louise a hurlé. À deux mètres derrière eux se tenait la silhouette menaçante du passager mystérieux. Sa tête de Viking dissimulée sous sa capuche, il s'est avancé vers eux. Il semblait cacher quelque chose dans son dos. Louise a tiré sur le bras de son frère et a entrainé les autres avec elle plus bas dans le chemin. Son visage affolé témoignait tant de sa terreur que personne ne lui a demandé quoi que ce soit. Hors d'haleine, ils se sont arrêtés au bas des chutes. Malgré le stress provoqué par le cri de Louise, ils ont contemplé le spectacle. Les fines particules en suspension traversées par les rayons de soleil formaient comme un arc-en-ciel doré ! Le nom de ces chutes, « Gullfoss », signifie « Chutes d'or » en islandais. Elles ont donné lieu à de nombreuses légendes.
Louise ne quittait pas le chemin des yeux. À tout instant, elle s'attendait à voir surgir le géant aux longs cheveux. Elle obligea son oncle Léo, son frère Jules et

ses cousins à regagner le bus. À ce moment précis, une pierre vint s'abattre sur le chemin. Les enfants se plaquèrent contre la paroi ! Heureusement, car dans l'instant suivant c'est tout un éboulis qui a déferlé à trois mètres d'eux. Puis le calme est revenu.

« Ce type a essayé de nous tuer », a sangloté Louise, qui n'est pourtant pas une pleurnicheuse.

Les garçons n'en menaient pas large. La troupe a couru jusqu'au bus où ils ont retrouvé M. Sokolow qui semblait tout émerveillé.

« J'ai vu les chutes du Niagara et je pensais que je ne pourrais pas être impressionné par celles du Gollfuss, qui sont moins hautes. Eh bien, je me trompais… Et pour ce qui est du cadre, ici la nature est sublime autour du fracas des eaux, alors que les chutes du Niagara sont au cœur d'une petite ville. »

Avant que le bus ne les conduise vers leur étape suivante, les enfants ont tenu un « conseil de guerre ». Louise était très remontée :

« Moi, je vous dis que ce bonhomme nous suit. Il est partout où nous allons et il n'arrête pas de nous espionner. Je suis certaine que c'est lui qui a provoqué l'éboulement !

– Tu te fais un roman, répondit Eliot. Il était sur le chemin avec nous. Il ne peut pas être allé faire tomber les

pierres aussi rapidement ! Ce bonhomme visite l'Islande avec nous. C'est tout ! »
Louise n'était pas convaincue :
« Il a des yeux de psychopathe... Et tu as vu ses mains, on dirait deux tortues géantes ! Moi, je vous dis qu'il nous suit et nous veut du mal. »
Jules n'était pas d'accord avec sa sœur.
« Et pour quelles raisons nous voudrait-il du mal ? Ici personne ne nous connait, nous ne portons rien pouvant avoir de la valeur, sauf le matériel vidéo ! En plus, on ne l'a toujours pas sorti du sac : donc... »
Léo interrompit la discussion en mettant son doigt sur la bouche :
« Chut, le voilà qui approche, je suis d'accord avec Louise. Il faut nous méfier... »
Le bus reprit sa route et les enfants se concentrèrent sur le paysage qui défilait. Un malaise était né avec ce personnage inquiétant qui devait sans doute cacher quelque chose.
Jules, Eliot et Léo se retrouvèrent pour rédiger leur message à leurs concitoyens :

« Pour ce deuxième point d'information, nous avons décidé de vous parler un peu des impressions que nous avons ressenties pendant notre voyage en bus. L'Islande, c'est avant tout des paysages lunaires, pour ne pas dire

martiens. On a vraiment l'impression d'être le robot Curiosity *à la surface de Mars. Il est difficile de décrire ces paysages grandioses de montagnes, volcans et rivières. Ici, c'est la terre de l'herbe et des buissons avec la neige et la glace comme invitées permanentes. Dans notre prochain envoi, nous essaierons d'expliquer comment les hommes ont pu se maintenir depuis plus de douze siècles dans ce désert froid, sans arbres et sans animaux visibles ! Nous vous parlerons également du plus grand geyser du monde.* »

Le trajet fut beaucoup plus rapide que prévu. À peine le temps d'écouter un CD dans son Walkman ou de lire quelques pages de BD qu'ils arrivèrent sur le site. Jules, qui se trouvait contre la vitre, s'écria :
« Oh là là ! Magnifique !
– Qu'est-ce qui est magnifique ? demanda Louise.
– Ben, le geyser devant toi.
– Mais il n'y a pas de geyser ! » s'étonna sa sœur qui se retourna vers les autres en ajoutant que Jules avait des visions.

Celui-ci insista :
« Mais si !!! Regardez ! Je viens de le voir, là, au-dessus de cette colline. »
Chacun scruta l'horizon sans rien apercevoir. Un brusque coup de frein fit gicler un sac du porte-bagage. Il s'ouvrit au milieu du passage entre les sièges. Tout le contenu d'un sac de bonbons s'y répandit. Les enfants détournèrent la tête…
« Et là, vous l'avez vu ! », cria Jules qui était concentré sur le geyser…
Eh bien non, personne n'avait aperçu la colonne d'eau surgir au-dessus des terres, tous étaient trop occupés à ramasser les bonbons.
« Je crois que tu confonds le geyser avec les fumeroles qui entourent le site, intervint Grégor, leur vieux compagnon de voyage russe. Vu leur nombre, je pense que nous ne sommes plus très loin du site. Nous pouvons déjà voir la vapeur s'échapper des sources d'eau chaude… »
Arrivés à proximité du champ géothermique de Geysir, le bus vint se garer sur un grand parking. Une fois dehors, les voyageurs durent faire face à une puissante odeur d'œuf pourri. De soufre, rectifia Grégor. Chacun se pinça les narines, même s'ils commençaient à être habitués à cette puissante senteur puisque l'eau chaude en Islande la transporte par-

tout. Après leur première douche à l'hôtel, les enfants avaient été très étonnés : l'eau sentait l'œuf pourri ou le soufre, mais l'odeur ne restait pas sur le corps… Louise avait été rassurée.
Il ne fallut pas attendre longtemps pour apercevoir la fameuse colonne d'eau. Grégor expliqua qu'il s'agissait de Strokkur, le geyser le plus actif d'Islande. « Il produit une éruption toutes les cinq à dix minutes », affirma-t-il.
« Ah ! je n'avais pas rêvé ! » triompha Jules.
En retombant, l'eau qui était montée très haut dans le ciel fut presque entièrement avalée par une sorte de trou qui rappelait la bonde d'un lavabo.
« La bouche d'un monstre…, préféra Swan.
– C'est vrai que cela rappelle une bouche. Les premiers occupants de l'ile pensaient un peu comme toi. En fait, ce vaste espace qui nous entoure est constitué par les restes d'un volcan effondré, continua Grégor. Tout près, nous allons pouvoir admirer Geysir, le célèbre geyser qui a donné son nom à ce phénomène. Contrairement à Strokkur qui se déclenche toutes les cinq minutes, Geysir, lui, peut rester dormant pendant des années. En juin 2000, en raison d'un séisme, Geysir a atteint une hauteur de 122 mètres pendant deux jours, ce qui en fait le plus haut geyser en activité. Depuis, il s'est beaucoup calmé.

Après quelques minutes, la joyeuse troupe arriva devant une simple corde qui marquait l'interdiction de passer. Swan, toujours aussi téméraire, sauta par-dessus et s'avança. Eliot lui demanda de revenir. Mais déjà d'autres passagers du bus faisaient comme lui, le géant blond en tête. Ils étaient maintenant tout près de l'orifice. Eliot était furieux. Il ne supportait pas les bravades de son petit frère. Léo le regarda d'un air impuissant en pensant que Swan n'en faisait toujours qu'à sa tête.
Le chauffeur du bus rappela tout le monde grâce à son sifflet. On revint en courant car un étrange souffle venant du sol se faisait entendre. Un coup de vent décoiffa le mystérieux personnage blond et il dut courir à la poursuite de son chapeau. Il se trouvait désormais seul dans l'espace proche du geyser. Et c'est à ce moment-là que Geysir cracha sa monstrueuse colonne d'eau. Malgré sa course désespérée, le grand blond reçut des milliers de litres d'eau qui le projetèrent au sol. Il se releva trempé comme un canard. Il semblait furieux et sa colère fit que personne n'osa rire, même si chacun en avait beaucoup envie. Il passa tout près des enfants et leur jeta un regard terrifiant, notamment à l'égard de Swan qui se cacha derrière Léo !
Le bus reprit son chemin et laissa les enfants à Hellissandur. Ils embrassèrent Grégor qui leur promit de venir visiter leur région bientôt. Ils regardèrent le bus

s'éloigner en faisant de grands gestes de la main, puis ils se retournèrent et contemplèrent le Sneffels. Il était magnifique, planté au milieu du parc avec sa collerette de glace. Sur un panneau à l'entrée du village, il était écrit en anglais : « Bienvenue au pays du Fujiyama boréal ». Il est vrai que, vu de loin, il avait un petit air du célèbre mont Fuji !

La surprise pour la petite famille voyageuse fut qu'il n'y avait pas de camping à proximité. Léo ouvrit le guide qu'ils avaient emporté avec eux. C'était pourtant écrit en toutes lettres : « Les amateurs de camping seront comblés ». Simplement, il avait négligé de lire l'article jusqu'au bout : l'auteur précisait qu'il s'agissait de camping sauvage !

« Il nous faut trouver un endroit pour planter nos tentes, dit Eliot. Nous allons essayer de demander à quelqu'un ! »

La quatrième personne qu'ils interrogèrent parlait anglais. Elle leur indiqua un endroit à dix minutes à pied où ils pourraient s'installer tranquillement. Ils seraient près d'une source d'eau chaude qu'ils pourraient utiliser.

« Mais attention, précisa leur interlocuteur. Ça sent très mauvais et il ne faut pas en boire ! » Et il partit en riant.

Les enfants prirent leurs cliques et leurs claques et s'avancèrent dans le chemin. Louise, qui avait fait une

pause pipi derrière un buisson, les rejoignit en courant. À bout de souffle, elle murmura :
« Le grand blond est descendu du bus, je l'ai vu nous observer, mal caché derrière une automobile ! »
La petite troupe a fait silence en se rapprochant du lieu de camping. La menace se précisait et il se faisait tard. L'avantage dans les pays nordiques, c'est que la lueur du jour persiste longtemps le soir. Cela permit aux enfants de monter leurs deux tentes assez rapidement. Il faut dire qu'ils s'y étaient entrainés à plusieurs reprises dans le jardin d'Eliot et Swan. Léo et Louise s'occupèrent du repas : les chips étaient en miettes mais elles furent vite englouties, de même que les sandwichs et la compote.
Eliot sortit le guide et fit la lecture :
« *De nombreux sentiers sillonnent le parc. La plupart sont faciles à suivre. L'ascension aller-retour du glacier prend une journée. À pied, en partant de Jökulháls, on arrive au sommet en quatre heures environ. Mais il est indispensable de se renseigner sur les conditions météorologiques avant de partir. L'ascension du glacier ne saurait se faire sans le matériel adéquat. Encordé, avec un guide, c'est le seul moyen de faire cette expédition en toute sécurité. Au sommet, si le temps est clair, vous aurez une superbe vue sur l'océan de trois côtés. Outre sa beauté naturelle, le volcan doit une part de son succès à Jules Verne, qui a fait*

de ce cratère le point de départ de son Voyage au centre de la Terre.
Le site du volcan est fréquenté par un grand nombre d'oiseaux marins tels les guillemots, les fulmars, les cormorans huppés, les goélands et les mouettes tridactyles. Profitez de ce beau spectacle animalier ! Si vous avez le temps, promenez-vous dans les autres jolis villages de pêcheurs sur la côte nord de Snæfellsnes. »
Cet article, il l'avait lu à plusieurs reprises. Il avait donné lieu à une grande discussion avant de partir. On avait finalement décidé que tout le monde marcherait jusqu'au pied du glacier, mais que seuls Léo et Eliot grimperaient jusqu'à son sommet. Ils auraient l'honneur de filmer le cœur du volcan, le fameux passage vers le centre de la Terre. Eux seuls avaient l'équipement et la résistance physique pour y parvenir. Ils avaient fait de grandes balades dans les Vosges pour s'entrainer à marcher avec les raquettes et les crampons. Leurs vêtements étaient du type de ceux qu'utilisent les scientifiques en Antarctique. Ils étaient fin prêts et avaient hâte de se lancer dans l'aventure.
La rédaction de l'article quotidien prit beaucoup de temps : il y avait beaucoup à dire, mais le message ne devait pas être trop long. Au bout d'une bonne heure, Eliot expédia un message dans lequel il décrivait le

camping et l'envie qu'ils avaient de grimper en haut du Sneffels. Il se terminait ainsi :
« Demain nous marcherons jusqu'au pied du volcan et mettrons nos pas dans les pas de Jules Verne. »
La formule était belle, mais le nombre de pas les séparant du volcan était bien plus important que ce qu'ils avaient pensé en premier lieu. Il fallait à tout prix trouver un véhicule qui les emmènerait au plus près du Sneffels. On trouverait une solution le lendemain. Mais pour l'heure, il fallait dormir. Chacun rejoignit son duvet et le sommeil envahit le camp en quelques secondes. Fatigués par le voyage et les belles journées qu'ils venaient de vivre, aucun parmi eux n'entendit le bruit de branche cassée qui déchira le silence complet de la nuit. Les lourdes chaussures noires qui s'étaient jusque-là déplacées sur de la mousse épaisse trahirent le visiteur. Craignant d'être découvert, il rebroussa chemin jusqu'à l'entrée du village. Louise n'avait pas rêvé… Le grand homme blond qui faisait songer à un guerrier viking était véritablement sur leurs traces. Parvenu à l'entrée du village, il décrocha son téléphone :
« Ils ont établi leur camp à quelques minutes d'Hellissandur. À l'heure qu'il est, ils dorment paisiblement. Pouvez-vous me donner vos instructions ? »
Il se tut quelques instants puis poursuivit :

« Message bien reçu. Demain, j'interviens et je mets fin à cette mascarade. J'ai l'habitude de ce genre de situation, vous n'aurez pas à vous plaindre de mes services. »

Comme à son habitude, ce fut Swan qui se leva le premier. Il avait dans la tête d'allumer un bon feu pour faire une surprise aux autres. Autour de lui, hélas, il n'aperçut aucun arbre. Il marcha au hasard, à la recherche de branches sèches. Par chance, il découvrit une haie d'arbustes nains, à ras du sol, dont la plupart étaient morts. Il en ramassa une grande brassée et s'en revint au camp. Après avoir rassemblé plusieurs grosses pierres de lave, il disposa ses branches au-dessus du papier roulé en boule et de cubes enduits de pétrole. Il mit le feu. Au bout de quelques secondes, de magnifiques flammes s'élevèrent vers le ciel. Le crépitement du bois réveilla tout le monde sauf Louise qui dormait d'un sommeil de plomb. Jules vint s'assoir sur un gros caillou. Tout en contemplant le feu, il demanda :
« Qu'est-ce que c'est que toute cette fumée dans le ciel ?

– C'est mon feu de buissons, répondit fièrement Swan.
– Ça m'étonnerait vraiment… Retourne-toi ! »
Swan fit demi-tour et il aperçut ce dont son cousin parlait. Un énorme nuage de fumée s'élevait dans le ciel, ne semblant pas, heureusement, se déplacer vers eux.
« C'est peut-être un incendie ! proposa Swan.
– Dans un pays sans forêt ? fit remarquer Léo qui venait de se lever. Je ne crois pas que ce soit possible. À mon avis, un volcan s'est réveillé. C'est la seule explication possible. J'espère que le Sneffels ne va pas faire comme lui. »
On entendit alors un rugissement sonore en provenance de la tente de Louise. Elle venait d'ouvrir les yeux !
« Effectivement, tous les volcans se réveillent au même moment ! plaisanta Eliot. Attention aux nuées ardentes qui risquent de nous bruler tout vifs… »
Rassemblés autour du feu, les enfants prirent leur petit déjeuner. Ils se demandaient comment ils allaient faire pour atteindre le pied du glacier. Un bruit de moteur les fit se retourner tous en même temps. Un véhicule quatre-quatre s'approchait d'eux en empruntant le chemin à travers la lande. Il vint s'arrêter à quelques mètres de leur campement. La porte s'ouvrit lentement. Ce que les enfants virent d'abord, ce furent les

grosses bottes de cuir du conducteur. Louise les reconnut aussitôt et poussa un cri :
« Le Viking ! »
Tenant à la main un sac de voyage, il s'approcha des enfants. Derrière ses lunettes noires, il était impossible de voir ses yeux. Les enfants se levèrent, déjà prêts à fuir dans tous les sens. L'homme retira son chapeau et ses lunettes. Vu de plus près, sa grande carcasse faisait vraiment penser aux barbares nordiques qui avaient terrorisé toute l'Europe au Moyen Âge. Il prit la parole. À la grande surprise des enfants, il s'exprimait dans un français sans accent.
« N'ayez crainte, je ne vous veux aucun mal, furent ses premiers mots. Je m'appelle René Grauby et je suis détective privé pour la société "Sécurilife". »
Il leur tendit une carte de visite et poursuivit :
« Si vous pouvez m'accorder quelques minutes, je vais tout vous expliquer. Les responsables de ma présence sont vos parents et le maire de votre village. Tous ont été très heureux de votre victoire et de votre projet de voyage, ce qui ne les a pas empêchés d'être inquiets à l'idée de vous laisser partir tout seuls, à l'aventure. Ils m'ont donc recruté pour vous accompagner tout au long de votre aventure ; sans vous le dire, évidemment. L'idée était de veiller sur vous sans jamais entrer en contact. Je devais vous suivre jusqu'à votre retour en

France. Ce n'est qu'à ce moment-là qu'on vous aurait dit qui j'étais. Si je viens vers vous avec un peu d'avance, c'est qu'il s'est produit un évènement qui va vous obliger à changer votre plan de voyage. »
Il se retourna sur lui-même et indiqua le gros nuage qui bouchait l'horizon vers le sud.
« Ce nuage que vous apercevez tout là-bas provient de l'éruption de l'Eyjafjöll. Le processus a commencé le 20 mars. Il y a eu des fontaines et des coulées de lave qui ont cessé le 12 avril. Le 14, la lave est réapparue dans la caldéra qui est recouverte par le glacier. Elle a provoqué une importante fonte de la glace, ce qui a entrainé des inondations glaciaires brutales et destructrices, ainsi que la formation d'un important panache volcanique. C'est ce nuage que vous avez aperçu ce matin. Les cendres qu'il transporte sont très problématiques pour le transport aérien. Tous les vols pour l'Europe du Sud ont été annulés. Le vôtre comme les autres. C'est la raison pour laquelle je suis venu vers vous. Il va falloir trouver un autre moyen de revenir en France. J'ai loué ce véhicule mais il ne nous permettra pas de traverser l'océan. »
Les enfants étaient abasourdis par ce qu'ils venaient d'apprendre. Léo rompit le silence :
« Nous n'allons pas abandonner aussi près du but ! Pouvons-nous au moins aller planter notre petit drapeau en haut du Sneffels ? »

– Si vous vous sentez capables de faire l'ascension aujourd'hui, je n'y vois pas d'inconvénients. Mais il faut faire vite ! Je vous propose de vous aider à plier le camp et de vous rapprocher du pied du glacier. Si vous le permettez, je vous accompagnerai. »

Du sommet du Sneffels, le paysage était magnifique. Un panorama de 360° s'offrait à leur regard. Au loin, de tous les côtés, Eliot, Léo et leur nouveau compagnon de voyage pouvaient contempler l'océan. Plus près s'étendaient la lande islandaise, ses prairies, ses milliers de lacs. Les enfants capturèrent toutes ces belles images avec leur caméra et leur appareil photo. René le Viking, comme l'avait surnommé Swan, avait pris un magnifique portrait des deux jeunes aventuriers brandissant le petit fanion de leur village, dos au sommet du volcan. Au loin, on pouvait apercevoir le nuage de cendres qui ne cessait d'enfler.

« Quelle chance que le vent souffle vers le sud. S'il avait soufflé vers le nord, il nous aurait privés de ce magnifique point de vue, déclara Léo.

– On aurait peut-être eu du mal à lacer nos chaussures, répondit Eliot.

– Je suis un peu déçu de ne pas voir le passage vers le centre de la Terre, dit le grand René.
– Comment voulez-vous le voir ? répondit Léo. Il est né dans l'imagination de Jules Verne. Si vous pénétriez dans son cœur, le volcan aurait vite fait de vous rôtir les moustaches…
– Et tout le reste avec, s'amusa René. Bon, nous devons maintenant redescendre au camp ! »
Lorsqu'ils arrivèrent à l'endroit où ils avaient campé, ils ne trouvèrent que les pierres du feu et un bocal de verre sur lequel était écrit : « Nous vous attendons au village. »
Il ne fut pas bien difficile de les retrouver ! Ils avaient rassemblé les affaires autour d'un gros rocher qui trônait au beau milieu de la place principale du village et jouaient au foot avec trois jeunes Islandais. Louise, qui généralement ne supporte pas ce sport, avait été la première à s'avancer vers eux. Son préféré semblait être un dénommé Arnulfur, blond comme les blés, qui ne cessait de rire à chaque tentative de tir de Louise. Les rires, c'était bien la seule chose que les six enfants pouvaient partager en plus du football.
On se sépara un peu cafardeux, c'est toujours triste de quitter de nouveaux amis, et on regagna Reykjavík dans le gros quatre-quatre rouge ! Pour les cinq adolescents, ce fut un peu la fin de l'aventure. En effet,

René le Viking prit la situation en main et s'occupa des conditions de leur retour en France. Il était impossible d'attendre qu'un avion puisse décoller.
Léo et Eliot s'étaient montrés légèrement boudeurs ! Ils n'avaient pas beaucoup apprécié qu'on leur « colle » un ange gardien sur le dos pendant leur voyage. Ils avaient le sentiment d'une fête gâchée… ce n'était pas la faute de René qui se révéla être un personnage amusant et très sympathique, mais tout de même… Ce manque de confiance était vraiment difficile à avaler. Les parents les voyaient encore comme des bébés. Ils n'allaient pas être sourds à leur retour !!!
René fit preuve de beaucoup d'habileté. Au guichet de la compagnie aérienne qui devait les ramener, il demanda à voir le responsable d'agence. Après une longue conversation où on le vit beaucoup s'agiter, il trouva un accord. En quelques coups de téléphone, celui-ci réussit à proposer une solution de rapatriement à la petite troupe.
Ils embarqueraient dès le lendemain matin, dans un ferry en partance pour Copenhague, au Danemark. De là, ils prendraient le train qui les conduirait jusqu'en France.
Le voyage s'effectua sans encombre. Les enfants étaient installés devant les écrans de télé, placés un peu partout dans le bateau. Les chaines d'information

permanente diffusaient des images du volcan islandais en éruption. Le long panache de fumée faisait l'ouverture de tous les journaux et chacun y allait de son pronostic pour savoir combien de temps la circulation aérienne serait interrompue. Pour la première fois de leur vie, les enfants se sentaient au cœur de l'actualité. Ils reconnurent les rues de Reykjavík, les paysages lunaires et les geysers, les glaciers et les lacs noirs. Ils savaient déjà ce que les experts scientifiques expliquaient. L'océan était assez agité. Swan et Louise eurent le mal de mer et ne purent pas profiter des scènes très cocasses auxquelles assistaient les autres. Le plus drôle, c'était sans doute les personnes qui se servaient le café au robinet et qui en versaient plus sur leurs chaussures que dans leur tasse. Plus grave mais pas moins drôle, les voyageurs malades qui se cognaient la tête au-dessus des vasques rondes dans lesquelles ils vomissaient.
Le voyage en train fut beaucoup moins réjouissant que la traversée en ferry. Le seul moment pendant lequel les cinq aventuriers sortirent de leur demi-sommeil, ce fut lorsqu'ils rédigèrent le dernier message à l'attention des habitants du village. Cinq rédacteurs, donc cinq idées, donc cinq bonnes raisons de se disputer allègrement. Après un long moment de discussion, Eliot envoya le message suivant.

« Notre voyage se termine, nous serons bientôt parmi vous. Notre mission est accomplie. Nous avons filmé l'entrée du centre de la Terre et nous avons mis nos pieds dans les traces des pas des héros de Jules Verne. Nous revenons avec de nombreuses photos et un beau film sur l'Islande. Nous aurions pu vous ramener des pierres de lave, des crèmes bienfaisantes aux algues, du poisson séché, des sculptures en ivoire de défenses de morse… Vous n'aurez rien de tout cela. Non ! Pour vous remercier de nous avoir permis de faire ce magnifique voyage, nous vous ramenons en guise de souvenir un vrai, un authentique, un 100 % Viking en chair et en os. Tremblez braves gens, il a l'habitude de boire le sang des uns dans le crâne des autres ! »

À propos de...

VOLCANISME ET GÉOTHERMIE

Les volcans, source de vie et de mort

Au mot « volcan », on associe toujours le mot « danger ». Pourtant, sans volcans il n'y aurait pas de vie sur terre. Soupapes de sécurité de la cocotte-minute qu'est le globe terrestre, ils libèrent régulièrement de grandes quantités de gaz et de roches. C'est grâce à ces expulsions que se sont formées l'atmosphère et l'eau qui ont rendu possible l'apparition de la vie.

Certes, le côté « bombe à retardement » que représente le volcan est réel ! Pourtant, si les humains sont très nombreux à vivre au plus près de lui, c'est qu'il présente aussi l'avantage de fertiliser les sols.

L'activité sismique

On sait que notre planète est constituée de trois couches principales : la croute terrestre, le manteau et le noyau. La croute terrestre est formée de six grandes surfaces indépendantes qui bougent et se frottent les unes contre les autres. On les appelle « plaques tectoniques ». Si on étudie la répartition des séismes (tremblements de terre) et des éruptions de volcans, on constate qu'ils sont localisés le long de ces plaques, dans le fond des océans et dans les montagnes.

L'ISLANDE que tu as découverte dans ce livre est la partie émergée d'une chaine de volcans cachés dans l'océan Atlantique.

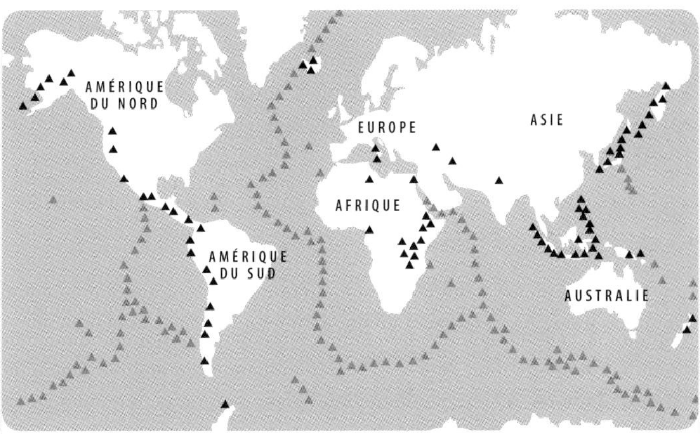

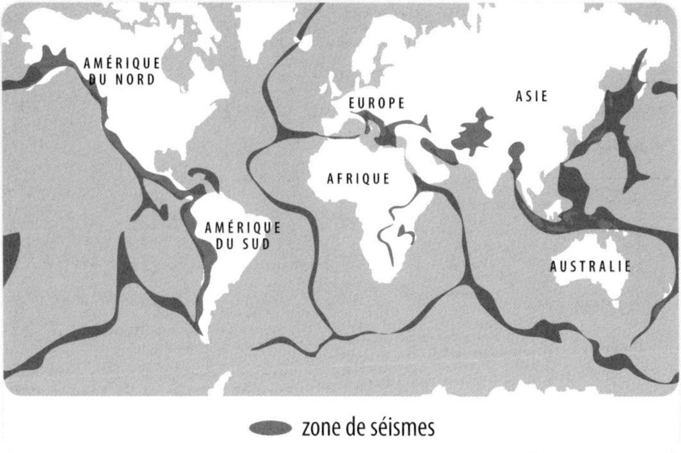

L'activité volcanique

En fonction de la fréquence de leurs éruptions, on parle de volcans éteints, endormis ou actifs. Aujourd'hui, on compte environ 1 670 volcans actifs à travers le monde dont une soixantaine entre en éruption chaque année.

Un volcan peut être explosif (ou volcan gris). S'il explose, il peut détruire une région entière. Lors de l'éruption, il projette des pierres, des cendres, des scories et beaucoup de gaz. Il peut s'agir de nuées ardentes à 700 °C, se déplaçant à plus de 500 km/h, et responsables de terribles dégâts matériels et humains. On peut citer :

Le mont Saint Helens dont on vient de te raconter la dernière éruption.

Le Krakatoa (en Indonésie) dont l'explosion en 1883 fit des dizaines de milliers de morts.

Le Vésuve (en Italie) qui est le volcan explosif le plus proche de la France. Il est à l'origine de la destruction des villes de Pompéi et Herculanum, ensevelies à l'époque antique en l'an 79 de notre ère. Sa dernière éruption date de 1944.

Un volcan peut être effusif (ou volcan rouge). Il rejette alors lentement de la lave en fusion (basalte) à 1 200 °C. Les dégâts matériels seront importants, avec peu de victimes humaines.

Le Nyiragongo (au Congo), aussi appelé « la marmite du diable », forme un lac de lave duquel s'échappent fréquemment de grandes coulées.

L'Etna (en Sicile) est le volcan effusif le plus proche de la France. Il est en perpétuelle activité. Attention, il peut parfois être explosif.

Quelques définitions

Le cratère : c'est le grand creux en forme de bol qui se forme au sommet ou sur les flancs d'un volcan. On l'appelle aussi caldéra lorsqu'il est très grand.

Le magma : c'est le nom que l'on donne à la roche en fusion qui se trouve à l'intérieur du volcan.

La lave : lors d'une éruption, ce magma coule sous forme d'une lave, atteignant parfois 1 200 °C, qui se refroidit au contact de l'atmosphère.

L'activité géothermique naturelle

Les volcans sont d'énormes sources de chaleur qui peuvent se manifester de diverses manières :

Les geysers. Véritables volcans liquides, ils projettent d'immenses jets de vapeur et d'eau très chaude. On les trouve notamment en Islande, en Nouvelle-Zélande et aux États-Unis (le parc de Yellowstone en compte à lui seul plus de 250).

Les fumeroles sont des émanations de gaz que l'on retrouve souvent sur les flancs des volcans. Comme les geysers, elles fusent de la terre par un conduit vertical en une colonne de vapeur riche en soufre.

Les sources d'eau chaude. Chauffés par les roches volcaniques, l'eau et les gaz présents dans le sol composent des paysages surprenants où jaillissent de la boue, de l'eau ou des fumées. L'eau qui s'infiltre dans le sol près d'une zone volcanique remonte à la surface, atteignant des températures parfois très élevées.

L'activité géothermique humaine

La géothermie étudie la production de chaleur interne du globe terrestre, mais aussi les techniques qui permettent de l'utiliser.

Plus on descend profondément dans la croute terrestre (30 km environ), plus la chaleur augmente (environ 3 °C tous les 100 mètres). La géothermie est exploitée depuis l'Antiquité. Aujourd'hui, elle consiste à forer le sol, injecter de l'eau sous pression dans des puits et récupérer la chaleur qui remonte afin de chauffer des maisons ou de créer de l'électricité.

Cet ouvrage est conforme à la nouvelle orthographe.

ISSN : 2491–0031
ISBN : 978–2–7581–4291–1

Société d'Édition et de Diffusion
pour la Recherche et l'Action Pédagogique.
9, rue des Frères-Boudé • BP 10665 • 31106 TOULOUSE Cedex 1
www.sedrap.fr

Dépôt légal : 3e trimestre 2016
Réf. : ST003U
Cet ouvrage a été imprimé sur du papier issu des forêts gérées durablement.
Achevé d'imprimer en Pologne par Bestingraphics/Skleniarz- July 2017